Antoine François Mauduit

Description d'un projet de Bibliothèque composé a Rome en 1833, pour la ville de Paris

Antigonos

Antoine François Mauduit

Description d'un projet de Bibliothèque composé a Rome en 1833, pour la ville de Paris

Réimpression inchangée de l'édition originale de 1839.

1ère édition 2024 | ISBN: 978-3-38605-688-5

Antigonos Verlag est une marque de Outlook Verlagsgesellschaft mbH.

Verlag (Éditeur): Outlook Verlag GmbH, Zeilweg 44, 60439 Frankfurt, Deutschland
Vertretungsberechtigt (Représentant autorisé): E. Roepke, Zeilweg 44, 60439 Frankfurt, Deutschland
Druck (Imprimerie): Libri Plureos GmbH, Friedensallee 273, 22763 Hamburg, Deutschland

DESCRIPTION D'UN PROJET

DE

BIBLIOTHÈQUE

COMPOSÉ A ROME EN 1833,

POUR LA VILLE DE PARIS;

PAR

A. F. MAUDUIT,

ARCHITECTE DE FEU L'EMPEREUR ALEXANDRE Ier,

EX-SECRÉTAIRE-BIBLIOTHÉCAIRE DE L'ACADÉMIE DE FRANCE A ROME,

ET CORRESPONDANT DE L'INSTITUT,

AVEC

l'exposé des idées de l'auteur pour le meilleur parti à tirer
de l'emplacement compris entre les Tuileries et le Louvre.

Amicus Aristoteles, amicus Plato;
Sed magis amica veritas.

───────◦───────

PARIS,

TYPOGRAPHIE DE FIRMIN DIDOT FRÈRES,

RUE JACOB, N° 56.

—

JANVIER 1839.

EXPOSÉ PRÉLIMINAIRE.

Le projet dont je vais entretenir le lecteur a
bien effectivement été conçu à Rome, en 1833.
J'en avais commencé les études, en quelque sorte
sous les yeux de M. Horace Vernet, directeur de
l'École de France, qui peut en rendre témoignage.
Un retour de pensées sur certains événements de
ma carrière qui m'ont parfaitement donné le droit
de m'approprier cette plainte échappée à Virgile:

Sic vos non vobis fertis aratra, boves,

et de nouveaux désagréments que j'eus à cette époque, en me faisant apprécier au-dessus de tout la
paix de l'âme, me déterminèrent à abandonner
entièrement mon travail; cependant, rentré de
nouveau dans notre capitale, le triste aspect des
localités que j'avais chaque jour sous les yeux,
ayant fait renaître en moi le désir de voir quelques-unes de mes pensées recevoir leur exécution,
n'importe par qui, je me suis plu à les répandre.
J'ai su dans ces derniers temps que quelques-unes
d'entre elles ont été recueillies; le nom d'un des
membres de la commission formée tout récem-
ment par MM. les ministres de l'intérieur et de

l'instruction publique, pour statuer principalement sur l'emplacement qu'il convient d'assigner pour la nouvelle bibliothèque, dont on peut dire que la France éprouve le besoin, ce nom m'ayant donné lieu de croire que la principale de mes idées a été vue avec faveur, je me suis décidé à les exposer toutes dans leur intégrité.

En les livrant au public, je n'élève aucune prétention ; j'aurai toute la satisfaction que j'ambitionne si je puis me flatter d'avoir concouru à faire remplacer prochainement, par une disposition réellement heureuse, un état de choses qui afflige depuis trop longtemps les regards de tous les amis des arts, et étonne particulièrement les étrangers attirés à Paris par ce que nos journaux publient journellement de la beauté de ses édifices, et de la multiplicité des travaux qu'on y exécute chaque année.

Se peut-il que ce soit positivement le point central de cette Capitale qu'on laisse dans un état que je ne puis qualifier ; car je n'ose employer ici la véritable épithète qui lui convient, et que déjà plusieurs fois j'ai entendue sortir de la bouche de quelques-uns de ces étrangers.

DESCRIPTION

D'UN PROJET DE BIBLIOTHÈQUE

POUR LA VILLE DE PARIS.

EMPLACEMENT.

Bien que le bâtiment que j'ai projeté, par la grandeur de ses salles, le développement de ses galeries, et le parti que j'ai tiré des différents ordres qui le composent, soit susceptible de contenir un nombre immense de volumes, cependant, considérant comme peu convenable la prétention de faire une bibliothèque générale, je n'ai voulu donner à celle dont je me suis occupé que ce titre : *Bibliothèque spéciale des Lettres , des Sciences et des Arts.* Ce seul titre indique assez la situation que je lui ai assignée. Oui, c'est au centre du magnifique emplacement qu'offre l'espace compris entre les Tuileries et le Louvre, que, selon moi, on doit établir la nouvelle bibliothèque.

En lui assignant cet emplacement, on ne fera que réaliser, d'une manière digne de notre époque, les intentions du premier monarque qui chez nous a donné une grande impulsion aux études. En eflet, la première bibliothèque publique que nous avons possédée fut établie par Charles V, dans l'ancien Louvre. Puis donc que le nouveau est maintenant occupé dignement par diverses branches de notre grand Musée, que pouvons-nous faire de mieux, si ce n'est de placer ce nouvel établissement au centre de la grande disposition qui doit comprendre, dans son ensemble, ce même Louvre et la résidence actuelle de nos rois?

Forme du plan.

Une grande bibliothèque publique doit être entièrement isolée, et les formes de plans les plus heureuses qu'on puisse lui donner sont : le carré, l'ellipse ou le cercle, avec une salle centrale communiquant par des galeries en rayon avec les galeries de pourtour. J'ai fait choix pour la mienne d'une sorte d'ellipse, parce que cette forme, toute favorable qu'elle est au besoin du service, m'a paru convenir aussi parfaitement aux localités.

Convenance de l'isolement et de la forme ronde ou elliptique.

Indépendamment de l'avantage important qu'offre l'isolement d'un établissement de cette nature, en le préservant de tout contact qui puisse lui faire courir quelque danger, j'en ai vu d'autres qui, je l'espère, seront appréciés de mes lecteurs. Par cet isolement, je me suis rendu maître d'adopter un caractère d'architecture qui, tout en satisfaisant au besoin du service, puisse encore être le plus susceptible de donner aux siècles futurs une opinion favorable de l'état de l'art en France, à l'époque où nous vivons. On conçoit que si le nouvel établissement se lie aux deux galeries entre lesquelles il doit s'élever, il sera presque impossible de le coordonner d'une manière heureuse avec elles, déjà sous le seul rapport de la décoration extérieure, à moins qu'on ne copie rigoureusement les formes de ces galeries, lesquelles ne méritent assurément pas d'être multipliées; mais de plus on sera aussi fort gêné pour les hauteurs à donner aux divers étages, hauteurs cependant qui peuvent être déterminées par une considération bien puissante, celle de tirer non-seulement le meilleur parti, mais encore le plus de parti possible de constructions et d'un terrain qui auront coûté des sommes considérables.

Pour ce qui est de la forme ronde ou elliptique, je lui ai donné la préférence, parce que, aussi convenable pour le service de l'établissement bibliothécaire, que l'isolement l'est pour la sûreté de l'établissement en général, elle est encore celle qui peut le mieux faire disparaître ou dissimuler la non-coïncidence de l'axe des Tuileries avec celui du Louvre, effet que j'ai obtenu, et qu'on ne peut manquer d'obtenir en commençant, comme je l'ai fait, l'édifice précisément au point où les deux axes se rencontrent.

Dimension de l'édifice, caractère de son architecture.

Je me suis assuré, par mes études, qu'on peut, sur l'emplacement désigné, et en laissant environ quarante mètres de distance entre les galeries qui doivent former les côtés Sud et Nord de la place, et les points les plus avancés de la circonférence du nouvel établissement, je me suis assuré, dis-je, qu'on peut, sur cet emplacement, construire un édifice qui couvrirait une superficie de terrain égale à celle du Colisée de Rome.

Persuadé comme je le suis que nous ne sommes pas encore assez riches en monuments qui rappellent les beaux temps de l'architecture antique, pour négliger de saisir une si belle occasion d'enrichir cette capitale de quelque imitation de ces beaux modèles que nos jeunes artistes vont admirer et dessiner dans Rome, j'ai projeté de composer mon édifice de trois ordres, en adoptant pour les deux premiers, le dorique et l'ionique du théâtre de

Marcellus. Le troisième ordre devait être corinthien ; la hauteur totale pourrait être approchant celle du Louvre. Le terrain dont je dispose est assez grand pour m'avoir permis de faire la galerie de pourtour double ; mais ayant en vue tout à la fois l'économie du terrain et celle des dépenses, conciliée avec une solidité extrême, au lieu de séparer ces galeries, dans les trois étages, par des murs, je n'ai pris ce parti que pour le rez-de-chaussée et l'entresol ; les galeries des deux ordres supérieurs ne sont séparées que par des pieds-droits correspondant avec les colonnes engagées de la façade du pourtour extérieur ; c'est sur de forts arcs appuyés sur ces pieds-droits que les corps de bibliothèques, si on en établissait dans le troisième ordre, pourraient être portés (1).

La proportion adoptée pour mes différents ordres est telle que j'ai pu dans la hauteur de chaque entablement, en y joignant celle du stylobate de l'ordre supérieur, établir des dépôts de livres

(1) Les dispositions exécutées par Camus de Mezières pour les galeries du rez-de-chaussée de notre Halle au blé, lesquelles supportent une charge bien autrement considérable, m'ont donné l'idée du parti que j'indique ; toutefois, pour plus de solidité, et pour satisfaire à d'autres convenances, j'emploie des pieds-droits renforcés de pilastres, au lieu de colonnes, et de plus mes galeries annulaires sont divisées par des murs de refend en quatre grandes travées, et quatre grandes salles ou cages d'escaliers.

immenses, et qui, on le conçoit, permettraient aux gens affectés à ces sortes d'emploi, de servir les travailleurs avec une promptitude extrême, puisque les objets demandés, soit qu'ils fussent en dessous, soit qu'ils fussent en dessus des salles principales, n'auraient qu'un faible espace à parcourir.

Salle principale comparée à l'une des plus belles de l'antiquité.

On vient de voir que j'ai adopté, pour la décoration extérieure de mon édifice, un mode susceptible de rappeler tout à la fois l'un des plus grands et l'un des plus purs édifices de Rome; le terrain que j'ai en vue, et qu'il ne tient qu'à nos représentants de nous procurer, m'a permis encore de tracer, au centre de ce vaste établissement, le plan d'une salle qui puisse à elle seule former un véritable monument fait pour lutter, par sa grandeur et sa majesté, avec le plus bel édifice qui nous est resté tout entier de cette admirable architecture romaine; de cette architecture que, dans notre malheureuse inconstance, nous nous montrons prêts à abandonner; j'entends parler du Panthéon d'Agrippa.

Ainsi donc, si on adoptait mes vues, nous aurions un véritable Panthéon, puisque le nouveau monument placé au centre d'une immense disposition d'édifices consacrés à recevoir les dépôts de toutes les connaissances littéraires et artistiques, devrait naturellement offrir pour principale décoration, les images, les statues et les bustes de tous les hommes qui font le plus d'honneur au monde dans les lettres, les sciences et les beaux-arts.

Selon ma pensée, cette magnifique salle, outre son emploi comme partie des plus importantes de la bibliothèque nouvelle (1), pourrait servir dans diverses grandes solennités, entre autres pour la distribution des prix décennaux, et dans quelques-unes des circonstances qui exigent la réunion des grands corps de l'État. Je me suis attaché dans ma composition à la rendre propre à un tel emploi, sans qu'aucun préjudice puisse être porté au dépôt des objets précieux qui y seraient renfermés, et mon plan indique un escalier d'honneur à double rampe placé sur le point le plus rapproché du palais des Tuileries, pour faire le service plus particulièrement en de telles circonstances.

____

(1) On y réunirait, indépendamment des livres qui tapisseraient son pourtour, les antiquités et les médailles ; et elle pourrait servir de salle de lecture, mais en été seulement ; car dans l'hiver les lecteurs se tiendraient dans une salle voisine, susceptible d'être chauffée sans exposer l'établissement à aucun danger.

*Réponses à diverses objections. Dispositions ten-
dant à indemniser d'une partie des frais de construction.*

Deux objections sérieuses pourront être présen-
tées contre ma proposition; l'une sera relative à la
différence de niveau qui existe entre le sol actuel
de la cour du Musée, et la base de la galerie qui
l'avoisine. L'autre peut être : qu'un grand édifice
ainsi placé au centre de l'espace qui sépare les Tuileries et le Louvre, privera le public d'une communication directe entre ces deux palais.

J'expliquerai un peu plus loin ce que je me pro-
poserais de faire relativement à la différence des
plans; pour ce qui est du désir qu'on peut avoir
d'une communication directe, j'y ai satisfait. L'inspection des plans et profils de mon esquisse pourrait seule parfaitement faire comprendre par quels
moyens je conserve cette communication; toutefois je vais essayer d'y suppléer.

Mes pensées ont embrassé plusieurs établissements qui se marient, je crois, convenablement
ensemble. Je ne consacre à la bibliothèque pro-
prement dite, et à ses dépendances, que le deuxième
ordre. En effet, ce deuxième ordre, en y compre-
nant les deux tambours formés dans les stylobates
intermédiaires, entre le premier et le deuxième,

le deuxième et le troisième ordre, et tout le pourtour intérieur et extérieur (1) de ma grande salle centrale, peuvent contenir un nombre de volumes si considérable, que, du moins pendant une assez longue suite d'années, on pourra consacrer à d'autres usages le troisième ordre de l'établissement, et son rez-de-chaussée. Je dirai tout de suite que le troisième ordre, susceptible par sa position de recevoir son jour d'en haut, pour toutes les salles où cela sera jugé convenable, me paraît parfaitement propre à servir pour les expositions annuelles des objets de peinture, gravure et architecture ; et je ne doute pas qu'on ne puisse en disposer avec une égale convenance pour les produits de l'in-

(1) Cette grande salle centrale, que je compare au Panthéon d'Agrippa, parce qu'elle offre une disposition à peu près pareille, est dans mon projet d'une dimension plus grande. Pour résister à la poussée de la voûte qui doit la couvrir, au lieu de faire des murs d'une épaisseur proportionnée à l'effort qu'ils auraient à supporter, j'ai préféré donner, pour résistance à cet effort, un certain nombre de contre-forts liés ensemble par deux ceintures de murailles, ce qui me permet d'établir, entre ces deux ceintures, quatre étages de galeries, lesquelles reçoivent leur jour des cours environnantes. Si l'on joint par la pensée, à ces galeries, un pareil nombre d'autres galeries qui leur correspondent dans l'intérieur du dôme, on aura une idée encore imparfaite de l'immense quantité de volumes que ma disposition permet de placer. Mon dôme seul, avec ces galeries qui le ceignent immédiatement, tant à l'intérieur qu'à l'extérieur, formerait déjà une bibliothèque assez considérable. Tout cela n'exclut point une décoration noble et imposante.

dustrie, lesquels ne sont exposés que tous les quatre ans.

Pour ce qui est du rez-de-chaussée, il m'a paru important qu'il offrît entre autres, au public, un passage qui conduisît directement du Louvre aux Tuileries. Je considère ce passage, qui serait couvert, comme un des produits heureux de la disposition que j'ai adoptée. En effet, si, comme il en a été question, on n'établit entre les Tuileries et le Louvre qu'une suite de cours, outre que cette disposition a quelque chose de monotone, elle aura, principalement en été, un grand désagrément, celui de contraindre les personnes qui marcheront dans cette direction, à faire tout le trajet depuis la rue des Fossés-Saint-Germain, ou l'église de ce nom, jusqu'au grand quinconce du jardin des Tuileries, toujours au soleil. Le passage que j'ai conçu offrirait une sorte d'oasis précieuse qui partagerait favorablement ce long désert.

Je n'entrerai dans aucun détail touchant les moyens par lesquels je puis pousser ce passage jusque sous l'immense salle dont j'ai essayé de donner une idée, il doit me suffire de dire que je me suis rendu compte de la possibilité de le pratiquer et de l'éclairer convenablement. Ce que j'ai fait, un autre peut le faire ; du reste, s'il le faut plus tard, j'expliquerai ces moyens et toutes les dispositions que le projet permet de prendre pour la sûreté de l'établissement. Je dois me borner maintenant à dire ce que je crois possible de faire pour donner de la vie à ce passage, ainsi qu'à tout ce rez-de-chaussée, qui serait orné de portiques en arcades dans tout son pourtour.

J'ai conçu la pensée d'y former une sorte de bazar; mais je me hâte de dire que ce bazar serait spécial, qu'on n'y admettrait que les marchands qui sont en rapport avec les sciences et les beaux arts, tels que les libraires, les marchands de tableaux, de gravures, de curiosités, d'antiquités, de cartes géographiques; les opticiens, les orfèvres, bijoutiers, luttiers et facteurs d'instruments. Dans les branches du bâtiment formant rayons, et dirigés du Sud au Nord, dans ces parties qui, au rez-de-chaussée, ne peuvent avoir l'usage qu'elles ont dans les étages supérieurs, je puis placer convenablement de grands dépôts de nos principales manufactures, tels que ceux des manufactures de Sèvres et de la Savonnerie.

On conçoit déjà que toutes ces boutiques, ces grands dépôts pourraient être vendus avec leur entresol dès avant l'inauguration de l'édifice, à l'effet d'indemniser d'une partie des frais de sa construction; ce ne serait peut-être pas le seul produit qu'on pourrait retirer de la partie inférieure de ce grand monument. Si, comme je le pense, les fondements de cet édifice doivent descendre à une

profondeur suffisante , on pourra utiliser très-heu-
reusement cette profondeur, en y créant de belles
caves, qui, servies par des corridors convenables ,
pourraient avoir des entrées toutes particulières, et
conséquemment être louées au commerce de Paris (1). Enfin, comme la dimension d'un bon nombre de boutiques du pourtour peut être réduite à
la moitié de celle que je donne à la largeur des
deux galeries annulaires prises ensemble, il se
pourrait qu'il convînt au roi d'accepter en paye-
ment des bâtiments qui lui appartiennent, parmi
ceux dont la démolition est nécessitée , les deux
cours les plus rapprochées de son palais, pour y
établir provisoirement les équipages et les che-
vaux de son service ordinaire. Je dis provisoirement, parce qu'on verra un peu plus tard que je
donne le moyen de placer cette partie du service
royal plus heureusement encore.

Avantage du parti proposé.

Le parti proposé, d'isoler complétement notre
bibliothèque, et de lui donner une forme circulaire

(1) Il ne serait probablement pas très-difficile de porter l'entrée
principale de cette branche de l'établissement jusque sur le port
Saint-Nicolas. Le service, à partir du port, se ferait souterrainement, et sur des rails de fer.

ou approchant, offre, selon moi, une foule d'a-
vantages. J'ai déjà dit qu'il permet d'adopter pour
l'extérieur un caractère d'architecture plus heureux que celui des galeries qui l'avoisinent, et qu'il
met dans une parfaite indépendance sur la hauteur
des ordres ou des étages, ce qui permettra de tirer le plus de parti possible des bâtiments qu'on
aura à construire. Il est un autre avantage qui
n'est point à dédaigner, et que cependant nous né-
gligeons beaucoup dans nos grandes entreprises.
Je veux parler des effets pittoresques. On conçoit
qu'un immense bâtiment circulaire, dont le con-
tour fuit à mesure qu'on change de position, on
conçoit, dis-je, qu'un tel édifice, vu de la cour des
Tuileries, doit offrir des effets de perspective li-
néaire et aérienne beaucoup plus heureux que ne
le peut un long bâtiment qu'on élèverait en ligne
droite, parallèlement à cette cour, si riche de décoration que puisse être ce bâtiment. Si l'on fait
une galerie parallèle aux Tuileries, tout l'espace
compris entre cette galerie et la ligne du palais ne
devient plus qu'une cour coupée en deux parties
inégales par une grille; chose qui, à mon avis,
n'offre rien d'heureux. Un des buts que je me suis
proposés a été de faire disparaître ce que je regarde comme une défectuosité. Je n'aime point les
cours closes, j'en conviens; je trouve qu'elles don-
nent à tous les édifices le caractère d'un cloître ou

d'un collége. Je demande à ceux de mes lecteurs qui ont vu la place Vendôme avant qu'on eût ouvert la rue de la Paix et celle de Castiglione, quel effet elle leur faisait? Si cette place a reçu un grand charme, elle le tient moins du superbe monument qui la décore, que des belles perspectives qui se sont ouvertes au Sud et au Nord de cette place; et si notre place Royale nous paraît triste, j'affirme qu'elle doit moins cet effet au caractère de son architecture qu'à ce qu'elle semble close partout. Le regard de l'homme n'aime point à être emprisonné. Chez moi, point de cours, si ce n'est celle du palais; encore on verra tout à l'heure que je propose d'y faire des changements qui l'empêchent de se confondre avec la place où je désire voir s'élever notre bibliothèque. J'ai dit: point de cours; car, reconnaissant que tout l'espace compris entre les Tuileries et le Louvre, une fois la galerie du Nord poussée jusqu'à ce dernier palais, ne sera rien autre qu'une cour, je me suis attaché à tromper les sens sur ce point: notre grand cirque ne permettra pas du moins de croire qu'elle soit close.

Mais il est un effet résultant de l'isolement de la bibliothèque qui, eu égard au voisinage du palais de nos rois, mérite d'être pris en considération : c'est la faculté que ce parti offre de conserver, près de ce palais, un grand emplacement favorable aux revues (1). Je ferai remarquer ici que la dimension de mon édifice n'est pas telle qu'elle puisse empêcher de ranger tout au pourtour des corps de troupes assez considérables, tout en laissant un espace suffisant pour le passage d'un nombreux état-major. Dans de telles circonstances, trois marches que j'établis au pied du portique que je fais régner tout autour de mon établissement, formeraient une sorte d'amphithéâtre que le public parisien s'empresserait de couvrir, et qui ajouterait à l'effet pittoresque de la scène.

Cette faculté de pouvoir passer les revues hors de la cour des Tuileries et sur un terrain qui offre un bien plus grand développement, m'a permis d'apporter, dans l'ordonnance du palais même, un changement que je crois des plus heureux. J'ai admis, dès le début de mon travail, qu'on ne peut exécuter en un même temps tout ce que tant de convenances diverses peuvent réclamer; mais, convaincu de l'importance qu'il y a, en fait d'architecture, d'adopter en principe tout ce qui est désirable, sauf à ne rien exécuter qu'au fur et à mesure qu'on en a les moyens, je vais achever d'exposer ce que je considère comme formant une des principales idées de ma composition; toutefois,

____

(1) Je n'entends parler que des revues d'inspection; pour ce qui est des revues avec manœuvres, nous avons le Champ de Mars.

avant d'entamer cette nouvelle matière , j'ai besoin de signaler les principaux défauts qui existent dans l'ordonnance actuelle du palais des Tuileries.

Défauts du palais des Tuileries. Projet pour mettre ce palais et l'arc de triomphe qui lui sert d'entrée, dans un rapport heureux avec la grande place de la nouvelle bibliothèque.

J'ai déjà fait remarquer que la cour du palais des Tuileries se confond avec la place du Carrousel. Il est évident que, dans l'état présent, cette cour n'est qu'une partie retranchée de la place qui l'avoisine, laquelle, soit qu'on la ferme à l'Est par une galerie parallèle au palais, soit qu'on mette à nu, ainsi qu'on l'a aussi proposé , tout l'espace compris entre les Tuileries et le Louvre (ce qui, selon moi, serait très-fâcheux), ne sera toujours elle-même qu'une cour.

En outre, le joli arc de triomphe, œuvre très-heureux en soi, de deux de nos plus habiles maîtres, cet arc, faute d'être accompagné convenablement, noyé comme il l'est dans un aussi vaste espace, ne paraît, il faut le dire, qu'une mesquinerie. Le château lui-même, vu d'une aussi grande distance qu'on le voit maintenant, et présentant un front par trop uniformément étendu, perd toute proportion. Il n'est personne qui ne soit choqué de l'incohérence de ses parties ; enfin, sa distribution intérieure ne peut être telle qu'on doit la désirer dans un palais.

Tous ces défauts que je viens d'exposer sont si réels, me paraissent si incontestables, qu'à mon avis c'est devenu non-seulement pour nous autres artistes, mais pour tout ce qu'il y a de Français amis des arts, que c'est devenu, dis-je, pour nous tous, en quelque sorte, une affaire d'honneur de favoriser notre gouvernement dans tout ce qu'il entreprendra pour changer un ordre de chose si susceptible de donner une idée défavorable et fausse de notre École. En vain m'objecterait-on que les défauts que je viens d'énumérer sont d'une autre époque ; car la grande disposition à laquelle appartient le palais, et dans laquelle il est question de faire entrer la grande bibliothèque nationale, cette disposition, jusqu'ici, n'est que commencée. Il paraît qu'il est donné à notre siècle de la terminer ; ce sera donc à lui qu'il conviendra d'imputer les vices de cette disposition, si, en l'achevant, on ne les fait point disparaître. Pour remplir autant qu'il est en moi ce que je regarde comme un devoir, je vais exposer ce que j'ai conçu en vue de parvenir à une telle fin : tout consiste à accomplir la pensée de Philibert Delorme.

Le grand architecte que je viens de nommer n'avait pas eu la malheureuse idée de construire le palais sur une seule ligne. Selon sa pensée, le pa-

lais des Tuileries devait avoir trois cours : une cour
centrale dite d'honneur, et deux cours latérales
pour les divers services. Je suis d'avis que pour
mettre tout dans un accord heureux, il faut reve-
nir à cette pensée.

Mon vœu est donc que, quand le temps sera
venu de le faire, on divise la cour actuelle du palais des Tuileries en trois parties, en prenant, pour
la largeur de la cour centrale, toute la partie qui
appartient à Philibert Delorme, moins les deux pavillons qui terminent au Nord et au Midi cette partie due à notre artiste. Cette cour seule resterait,
comme elle l'est maintenant, fermée par une
grille, et cette partie de la grille actuelle conserve-
rait la position que nous lui voyons. Sur les deux
côtés Sud et Nord de cette cour centrale, on formerait deux autres cours entièrement entourées de bâtiments, en construisant deux corps qui, partant des
pavillons précités, se porteraient jusque un peu
au delà de la grille conservée, puis, se repliant, l'un
à droite, l'autre à gauche, iraient s'attacher aux
grandes galeries du Nord et du Sud.

Si, comme je le désire, et comme il est naturel de
le faire, on s'attache à suivre dans ces nouvelles
constructions le style du savant architecte de Catherine de Médicis, toute cette partie du grand ensemble que nous avons en vue constituera bien
réellement un palais déjà plus heureux que celui

que nous voyons, ne fût-ce que sous le seul rapport qu'il fera supposer dans sa composition une unité de pensée.

L'arc de triomphe, resserré dans un cadre proportionné à son volume, et ne figurant plus que comme porte du palais, paraîtra avoir toute la grandeur convenable, et enfin le palais sera devenu susceptible d'acquérir une distribution des plus heureuses. On conçoit en effet que tous les bâtiments de l'aile Marsan peuvent être affectés au logement des jeunes membres de la famille royale ; et si, comme j'en fais le vœu, tous ceux qui ceindront la cour formée près du pavillon de Flore sont disposés pour servir aux grandes fêtes données par nos monarques, comme on ne sera dans le cas de faire qu'un usage assez rare de ce local pour de telles circonstances, toute cette partie du palais, richement décorée, et meublée d'objets d'arts, pourra former dans les temps ordinaires une sorte d'annexe de notre grand Musée, ce qui permettrait de lui donner sur ce point une issue bien désirée, et qui ne gênerait nullement le service du palais, si, comme je l'entends, on la faisait aboutir directement sur la place.

Dans ma pensée, les deux fronts des ailes que je viens de décrire s'avancent jusque sur le trottoir qui longe maintenant la grille des Tuileries, en couvrant par des arcades deux parties assez considéra-

bles de ce trottoir, lequel, soit dit en passant, dans
l'état présent, n'offre, sur un aussi long parcours que
le sien, aucun abri contre les ardeurs du soleil, la
rigueur des aquilons ou l'incommodité des neiges
et de la pluie (1).

Logement des conservateurs de la bibliothèque.

Revenant maintenant à la bibliothèque, je veux
répondre à une question qu'on pourrait me faire au
sujet du logement de ses administrateurs et conservateurs.

J'ai jugé convenable de ne placer dans l'établissement même que les bureaux les plus nécessaires au
service; mais mon esquisse indique dans sa disposition une position très-favorable pour l'administration et le logement des principaux conservateurs.
C'est encore au parti pris d'un plan circulaire que
je dois cette faculté, tout en les tenant au dehors,
de les placer parfaitement à la portée de l'établissement. Cette forme ronde m'a permis de profiter
du retrait que forme la cour du Muséum, pour construire au Sud-Est et au Nord-Est de la grande place
de la bibliothèque, deux bâtiments en pans coupés

______

(1) Je crois qu'exposés comme nous le sommes aux inconvé-
nients d'un ciel aussi souvent humide qu'est le nôtre, l'administration doit saisir toutes les occasions possibles de créer de semblables refuges.

assez considérables pour pouvoir former chacun un hôtel. Celui du Sud-Est, qui tiendrait immédiatement aux bâtiments de notre Musée, en formerait partie et augmenterait d'autant son local, et ce serait dans l'hôtel du Nord-Est que je placerais l'administration bibliothécaire.

Nivellement du sol.

Il me reste à dire un mot touchant le parti à prendre pour le sol, lequel est une des difficultés que les localités présentent, difficulté qu'on a déjà pu vaincre heureusement dans d'autres projets, et que je crois avoir non moins heureusement surmontée en prenant un tout autre parti.

L'aire de la cour de notre Musée me paraît assez sensiblement plus élevé que celui de la cour des Tuileries; il semblerait assez naturel de racheter cette différence par une pente douce; mais je pense qu'il serait plus heureux de faire abstraction de la cour du Musée, et d'établir toute la place de la bibliothèque au niveau de sa partie basse, qui est celui de la porte triomphale. Selon ma pensée, la cour du Musée, conservant son niveau actuel, formerait terrasse au-dessus de la place de la bibliothèque; mais, persuadé comme je le suis que le charme principal d'un grand ensemble en architecture consiste dans le parfait rapport qu'on peut mettre entre

toutes ses parties, je me garderais bien de compléter la ceinture de cette cour, déjà si étroite relativement aux grandes proportions des objets qui l'a-
voisinent ; je me garderais bien, dis-je, de compléter
la ceinture de cette cour par aucun portique. Je ne
trace sa limite du côté de la place que par le mur
de terrasse que je couronnerais par une simple ba-
lustrade décorée, à peu près comme l'est à Rome
celle du Capitole. Il résulterait du parti que je propose un de ces effets pittoresques dont je me
plains que nous manquons trop généralement à Paris. Ce parti d'ailleurs ne peut avoir aucun inconvé-
nient, puisque la cour du Louvre n'est point une
voie entièrement publique, que le passage des voi-
tures de charge y est interdit. Le service de la cour
du Musée avec la place de la bibliothèque se ferait
au moyen d'une double rampe, du reste très-douce,
dont chaque branche, partant de l'axe commun au
Louvre, et à la bibliothèque, formerait une courbe
à peu près parallèle à celle du cirque de l'établissement. Si on exécute quelque jour cette idée, le
Colisée français, car on pourrait donner ce nom à
notre bibliothèque, le Colisée français, dis-je, sera
vu de ceux de nos citoyens qui sortiront de la cour du
Louvre, tel à peu près que le Colisée romain se pré-
sentait aux regards des personnages de l'antiquité
qui sortaient du temple de Vénus et de Rome.

Rome !... je me félicite d'avoir terminé l'exposition

de mes idées par ce mot; il me paraît d'un bon au-
gure. Rome!.. Rome et ses monuments! tels sont les
objets qu'il faut rappeler en ce moment plus que ja-
mais à la pensée de nos artistes. Rendons justice au
moyen âge, au gothique et à la renaissance; consul-
tons ces époques de l'art dans des circonstances op-
portunes; exécutons même quelques palais particu-
liers, ou des églises sur de tels modèles; mais quand
il s'agit de tracer un projet pour la construction d'un
édifice qui doit être élevé au centre de notre Capitale, près du palais de nos rois, un édifice qui ré-
clame une belle et noble simplicité, et à qui sa des-
tination impose la grandeur, c'est vers Rome, c'est
sur ses monuments que nous devons porter nos regards; telle fut de tout temps ma pensée; aussi est-
ce dans le sein de cette métropole des arts que j'ai
conçu et tracé l'esquisse du projet dont je viens
d'exposer les principales dispositions.

Puisse ma pensée être accueillie! Puissent surtout
les représentants de la France, non moins ambi-
tieux que moi de concourir au maintien de la pré-
pondérance que notre nation a acquise dans les plus
nobles professions, ne marchander que convenablement avec les ordonnateurs de nos travaux publics,
quand ils viendront leur proposer de saisir une occasion aussi favorable que celle que nous offre la né-
cessité où nous sommes de reconstruire sur un autre
emplacement notre grande bibliothèque, pour ache-

ver enfin cette disposition commencée par les architectes de Henri II et de Catherine de Médicis! Puissent-ils se hâter de sanctionner, par leur vote, les mesures qui auront été prises pour faire disparaître, aussi prochainement que possible, ce tableau presque honteux que présente aux regards de l'étranger un point si remarquable de notre Capitale; ce triste tableau qu'on pourrait prendre pour un effet de nos discordes civiles, des longs malheurs qui ont affligé notre beau pays!

Pour ce qui est de moi, si j'apprends que quelques-unes de ces idées sont adoptées, la satisfaction que j'en éprouverai me suffira; je ne me plaindrai pas si elles tournent à l'avantage de quelques-uns de mes confrères; car je me suis voué aux arts dès ma jeunesse, par la passion qu'ils m'ont inspirée, pour le charme qu'ils me procurent; enfin je les aime pour eux-mêmes, et non pour le lucre, pour les richesses qu'ils auraient pu me procurer.

DISSERTATION

SUR L'EMPLACEMENT ET LES DÉPENSES.

On a proposé pour la nouvelle bibliothèque plusieurs emplacements sur la rive gauche de la Seine, entre autres l'îlot de terrain compris au Nord et au Sud, entre les rues Jacob et Taranne, à l'Est et à l'Ouest, entre celles de Saint-Benoît et des Saints-Pères. Je n'objecterai point contre cet emplacement qu'il nécessite la destruction d'un quartier tout bâti (1), et qui peut fort bien rester comme il est. Je préfère examiner si la considération qu'on fait valoir en faveur de cette localité, celle qu'elle est plus rapprochée du quartier des études, est aussi puissante qu'elle le paraît au premier abord. Pour en apprécier la valeur, il faut savoir quelles sont les personnes qui fréquentent la bibliothèque royale. Je ne pense pas que ce soit les collégiens, ce sont tout au plus les professeurs, lesquels n'habitent pas le quartier des études exclusivement à tout autre. La grande majorité des lecteurs doit se composer : 1° des jeunes gens qui, ayant fini leurs classes depuis plus ou moins de temps, s'essayent dans les professions vers lesquelles ils se sentent portés; 2° des

(1) Et particulièrement d'un de nos principaux hospices qu'il faudra reconstruire ailleurs avant d'entreprendre aucune autre opération.

hommes plus avancés en âge qui ayant déjà adopté une profession, la suivent et se rendent à la bibliothèque pour y faire les recherches que comportent les divers sujets qu'ils ont à traiter, ou dont ils se préoccupent; et 3° les provinciaux et les étrangers.

Or, les jeunes gens qui ont terminé leurs études de collége, rentrés dans les foyers paternels, sont disséminés dans la Capitale; il en est de même d'un bon nombre de personnes qui ont déjà embrassé une profession; conséquemment tout emplacement conviendra pour ces deux classes de lecteurs, pourvu qu'il soit à peu près central. Pour ce qui est des provinciaux et des étrangers, la presque totalité se tient sur la rive droite. L'emplacement que j'ai adopté ne sera donc pas moins convenable que celui auquel je l'oppose, pour la grande majorité des personnes qui sont susceptibles de fréquenter la bibliothèque royale.

Ce que je viens d'exposer ci-dessus ne suffit pas pour déterminer le choix de l'emplacement. Il me semble qu'il faut aussi examiner le mouvement que suit l'agrandissement de notre ville. Ce mouvement ne peut être considéré comme une affaire de mode; car voilà plus d'un demi-siècle qu'il se manifeste toujours dans le même sens. Il est évident que les agrandissements de Paris, depuis cinquante ans, se font particulièrement sur la rive droite, et tendent même à se porter de plus en plus dans ce sens, loin de la Seine. Il importe donc déjà d'y avoir égard.

Mais une considération qui parle puissamment en faveur de mon choix, est le moyen qu'il offre d'en finir avec la disposition des Tuileries et du Louvre. Il est bien temps, ce me semble, de terminer cette disposition commencée il y a près de trois cents ans. Eh ! quelle circonstance plus heureuse que celle où nous sommes pourrait-on saisir pour faire disparaître, comme je l'ai dit , *ce tableau presque honteux qu'offre aux regards de l'étranger un point si remarquable de notre Capitale ?*

Il ne faut pas se le dissimuler, l'achèvement de la disposition des Tuileries et du Louvre, à quelque usage qu'on puisse employer les édifices nouveaux qui en feront partie, doit coûter des sommes assez considérables, pour que, si on les laisse à la charge de la ville de Paris, elle soit pendant encore une assez longue suite d'années hors d'état d'y pourvoir. Cependant, si on ne propose de former un peu plus tôt, un peu plus tard, sur cet emplacement, que des établissements qu'on ne puisse considérer comme d'un intérêt général , les députés des départements refuseront de participer aux frais que ces établissements comportent. Il n'en peut être de même si tous ceux qu'on proposera sont reconnus comme véritablement nationaux. Or, le grand édifice que je propose d'élever au centre de la disposition que nous devons avoir à cœur de voir prochainement achevé, ce grand édifice peut contenir sans inconvenance, tout au moins deux établissements considérables, auxquels on ne peut refuser ce caractère; savoir : la grande bibliothèque, et un local susceptible de servir à la fois pour l'exposition annuelle des beaux-arts et pour l'exposition quaternale des produits de l'industrie.

Je crois inutile de m'épuiser en discours à l'effet de prouver que de tels établissements sont de nature à être faits aux frais de l'État. Il doit suffire de faire voir que le besoin qu'on en éprouve est réel; or, la reconstruction de la bibliothèque est nécessitée par son insuffisance et l'état peu satisfaisant de quelques-unes de ses parties; la création prochaine d'un local pour l'exposition annuelle des beaux-arts n'est pas moins urgente, puisque cette exposition, faite comme elle se fait depuis trop longtemps dans notre Musée, outre qu'elle prive pendant quatre mois chaque année les étrangers et les nationaux de la jouissance des chefs-d'œuvre qui y sont renfermés, cette exposition, dis-je, compromet l'existence de ces chefs-d'œuvre, et ajoute à l'effet naturel du temps pour leur destruction. En outre elle contraint aussi chaque année l'État à de grandes dépenses qu'il ne serait pas obligé de faire si on pouvait disposer d'un local affecté plus spécialement à cet objet.

Ces observations, et plus particulièrement la dernière, s'appliquent à l'exposition des produits dé l'industrie, pour laquelle il faut tous les quatre ans construire exprès une longue suite de bâtiments qui exigent chaque fois l'emploi de sommes représentant le revenu d'un capital bien plus que suffisant aux frais que pourra nécessiter la construction partielle du local désiré.

Il n'est personne qui ne puisse apprécier les raisons que je viens de faire valoir ; j'espère que l'observation suivante achèvera de décider les esprits en faveur de mes propositions.

On a considéré comme une belle pensée celle de réunir toutes nos académies en un seul corps que l'on nomme INSTITUT ROYAL DE FRANCE. Eh bien ! ce que je propose, et qui consiste à réunir tous les principaux dépôts scientifiques, littéraires et artistiques dans une grande disposition d'édifices déjà commencée, et dont le palais de nos rois, protecteurs naturels des sciences, des lettres et des arts, formerait comme le frontispice ; ce projet qui satisfait à l'une des nobles volontés de Napoléon, en offrant à son centre une salle que les siècles à venir pourraient en effet considérer comme un TEMPLE DE LA GLOIRE élevé par le nôtre aux hommes les plus célèbres de tous les pays, de tous les temps, un tel projet n'est que le complément d'une telle pensée.

Des dépenses.

Je traiterai ce qui est relatif aux dépenses de la manière qui, pour le moment, me paraît la seule convenable.

Remarquons que le gouvernement ne s'occupe encore que du choix d'une localité, et que le vœu public est qu'on ne laisse pas longtemps celle que j'ai en vue dans le triste état où nous la voyons. Tout ce qu'on peut désirer maintenant est donc d'acquérir à peu près la certitude que l'entière réalisation de mes idées ne coûtera pas plus que l'exécution de tout autre projet qui, fait pour cet emplacement, présenterait des avantages égaux. C'est ce que je crois pouvoir affimer ; mais on le comprend, tout doit dépendre de la manière dont les projets faits sur ces idées auront été conçus, et de celle dont les travaux d'exécution seront conduits.

J'avancerai ici un fait qui pourra étonner quelques-uns de mes lecteurs, mais qui n'en est pas moins réel : c'est que l'entreprise dont il est question, par cela qu'elle est grande, très-grande, est déjà susceptible de procurer de fortes économies. Ce qui me reste à dire rendra cette vérité palpable.

Si on prend la peine de faire consciencieusement les devis de ce que chacun des grands établissements que j'entends réunir en un seul coûterait élevé isolément, et ceux de ce qu'ils coûteraient groupés sur un même point, comme je le propose, j'ose garantir qu'on trouvera entre le montant des uns et des autres une différence notable, et que cette différence sera toute à l'avantage de mon projet ; mais ce n'est point sous ce seul rapport qu'il est susceptible d'économie ; je le repète : tout dépend du parti qu'on saura tirer de chaque chose, et peut-être principalement de la localité, du voisinage de la Seine.

Que d'avantages on pourrait obtenir d'une telle position, si, comme la seule inspection des lieux m'autorise à le croire, la profondeur à laquelle on peut descendre est suffisante pour permettre de pratiquer souterrainement les galeries dont j'ai dit un mot dans une note à la page 16. Qui ne conçoit déjà que grâce à la proximité du fleuve, on peut aller prendre les matériaux au loin et les obtenir à plus bas prix ; mais quel parti ne pourrait-on pas tirer d'un port propre à servir de chantier pour préparer ces matériaux, et de galeries souterraines qui permettraient de les conduire en quelque sorte sur le tas ? Assuré de tels moyens, je ne craindrais pas de trop m'avancer en disant qu'à partir du jour où les propriétés dont le sacrifice est résolu auraient été mises à la disposition de l'architecte, une seule année suffirait pour mettre les habitants de Paris en jouissance, non pas certainement de l'édifice, mais bien de toute la disposition du projet. Non-seulement dans ce court laps de temps tout l'emplacement pourrait être débarrassé des anciennes constructions, mais de plus il pourrait être nivelé et pavé; une enceinte faite décemment et bordée de trottoirs pourrait dessiner la périphérie de notre Colisée , et cet édifice s'élèverait comme par enchantement du sein de cette enceinte, sans que les travaux troublassent en rien la circulation qui régnerait dans tout son pourtour. Les ouvriers et les matériaux ne s'offriraient à nos regards que lorsqu'ils seraient déjà parvenus à dix pieds au-dessus du sol.

Je prie de faire attention que je n'affirme la possibilité de conduire ainsi les travaux que dans l'hypothèse où l'on pourrait descendre à une profondeur suffisante pour l'établissement des galeries. J'ai avancé ces choses, 1° pour appeler l'attention du gouvernement sur cet objet, et 2° pour justifier ce que j'ai dit touchant les économies qu'on peut trouver dans de grandes entreprises; il est évident qu'on ne pourrait employer des moyens semblables pour chacun des établissements qu'on se déciderait à construire isolément.